Mi gran libro de EXPERIMENTOS

Un par de consejos antes de empezar, ¡pequeño científico!

El libro que tienes entre las manos es un libro de experimentos. Los experimentos han servido para facilitar la vida de las personas durante toda la historia de la humanidad.

Muchos científicos han arriesgado su vida por los demás:
para curar enfermedades, para hacer las casas más seguras, para viajar al espacio, para que todos vivamos mejor. Gracias a ellos la humanidad ha evolucionado hasta hoy.

Sin embargo, SER CIENTÍFICO Y REALIZAR EXPERIMENTOS entraña peligros y encierra secretos. Te damos algunos consejos antes de que leas el libro y pongas a prueba los experimentos que aquí encontrarás:

Punto 1

NO OLVIDES UTILIZAR UN VESTUARIO ADECUADO.
La ciencia mancha.

Punto 2

EN MUCHOS EXPERIMENTOS NECESITARÁS LA AYUDA DE UN ADULTO. Se utilizan productos que tú no puedes manipular bajo ningún concepto.

Punto 3

UTILIZA PROTECCIÓN CUANDO LO NECESITES. No dudes en ponerte gafas protectoras o guantes cuando sea necesario.

Punto 4

CUIDADO CON QUEMARTE. En algunos experimentos usamos materiales a altas temperaturas; no los toques: díselo a una persona mayor.

Punto 5

TEN PACIENCIA, porque «la paciencia es la madre de la ciencia».

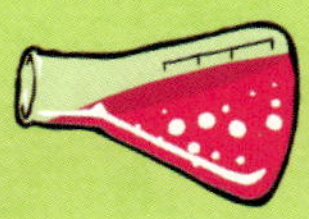

Punto 6

UTILIZA RECIPIENTES ADECUADOS. No cojas nada de la cocina sin pedir permiso. Además, algunos recipientes no te servirán. Pregunta primero.

Punto 7

ABRE TU MENTE. El pensamiento científico nunca da nada por sentado, siempre está investigando y es muy observador.

Punto 8

Y el más importante de todos: DIVIÉRTETE UN MONTÓN.

Un toque de...
¡QUÍMICA!

Lámpara de lava casera

1

¿Has visto alguna vez esas lámparas que tienen líquido de colores en el interior? ¡Los líquidos se mueven sin mezclarse! Te vamos a enseñar a hacer una con unos ingredientes que, seguro, encontrarás en casa.

Sorpréndete...

- Lograrás hacer una lámpara de lava con ingredientes puramente caseros.

Necesitas...

- Una jarra de cristal transparente.
- Un vaso de pintura témpera (sí, como la que usas para pintar en el cole) del color que más te guste.
- 2 vasos de aceite vegetal (o 1/3 de la jarra), del que se usa para cocinar (de girasol, por ejemplo).
- 2 vasos de agua (o 1/3 de la jarra).
- Una pastilla efervescente (de vitaminas para el resfriado, por ejemplo). (*)

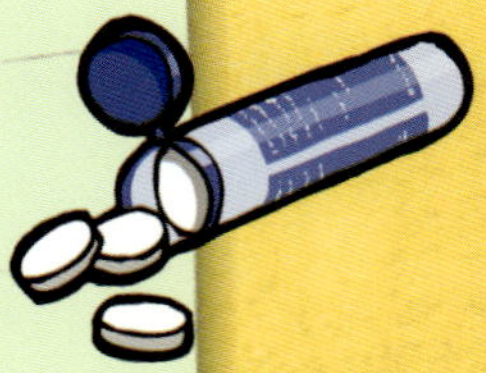

(*) **¡OJO!** No debes manipular medicamentos, así que tendrás que pedirle a un adulto que te dé la pastilla cuando la necesites.

Manos a la obra

Paso 1

Primero echamos el agua en la jarra.

Paso 2

Después añadimos la pintura y mezclamos.

Paso 3

Por último, vertemos el aceite.

Paso 4

Esperamos a que el aceite suba. Ya sabes que la densidad del aceite hace que no se mezcle con el agua; se queda siempre arriba. Así que, con un poco de paciencia, el agua (tintada con la pintura) quedará abajo y el aceite arriba.

Paso 5

Cuando esté perfectamente separado, viene lo bueno: la CREACIÓN DE LA LÁMPARA. Esto se consigue con la pastilla efervescente. Al echarla, las burbujas de color subirán, impulsadas por la efervescencia, sin mezclarse con el aceite. Es un efecto precioso.

¿Por qué sucede esto?

Podríamos decir que las moléculas del aceite y del agua no se llevan bien: si las mezclamos se repelen. El aceite tiene «amigos» con los que se mezcla, como otros aceites o ceras. Y el agua los suyos: pinturas acrílicas, azúcar, vinagre o sal.

Por eso es posible hacer este experimento: las burbujas de la pastilla efervescente (se producen al entrar en contacto con el agua) hacen subir la pintura coloreada formando figuras caprichosas y muy bonitas; al llegar al aceite, vuelven a bajar. Por eso, nuestro experimento parece un volcán en erupción, lanzando lava de colores hacia arriba.

Curiosidad científica:

El volcán Krakatoa (en Indonesia) estuvo en erupción más de cuatro meses en 1883. La última erupción hizo añicos la isla; fue la más grande, con una fuerza 10.000 veces superior a una bomba atómica... El ruido se pudo escuchar a más de 4.000 km.

Química para inflar un globo

2

Sorpréndete...

- ¡Podrás inflar un globo sin soplar! ¿Cómo es posible? La química, a veces, parece magia.

Necesitas...

- 4 cucharadas de bicarbonato sódico, del que se usa en cocina.
- Un vaso de vinagre.
- Una botella de plástico.
- Un globo.
- Un embudo.

Manos a la obra

Paso 1

Primero introducimos el vinagre en la botella de plástico y la reservamos.

Paso 2

Después, con cuidado, tenemos que rellenar el globo con el bicarbonato.

Paso 3

A continuación, sin que el bicarbonato se salga del globo, ponemos este alrededor de la boca de la botella, bien metido para que no se escape el aire.

Paso 4

Una vez que esté bien colocado el globo, lo ponemos vertical, de manera que el bicarbonato caiga dentro de la botella.

Paso 5

Al entrar en contacto con el vinagre, la **MEZCLA EXPLOSIVA** hará su función: comenzará a hacer muchísima espuma y, de repente, ¡el globo se inflará sin tocarlo!

¿Por qué sucede esto?

Esta reacción química sucede porque el vinagre es un ácido y el bicarbonato es un alcalino. Al juntarse forman dióxido de carbono, que es la espuma loca que sale al mezclarlos.

Otras variantes de este experimento

Puedes hacer el experimento dentro de cualquier recipiente que no sea una botella. Si aumentas las dosis de vinagre y bicarbonato puedes construir un volcán para la clase de ciencias. Cuando eches el bicarbonato por el cráter, la espuma que genera simulará la lava. ¡Saldrá mucha y por todos lados, cuidado!

Curiosidad científica

¿Sabías que un astronauta no puede eructar en el espacio? Sí, la ingravidez no permite la separación de gases y líquidos en su estómago, así que... no eructa.

El huevo saltarín

3

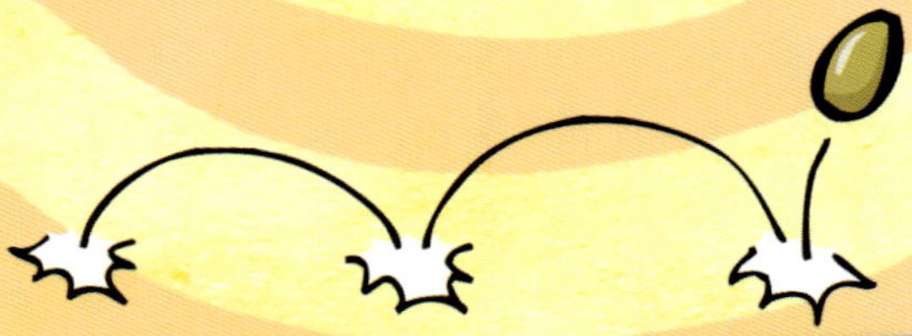

Sorpréndete...

- Convertirás un huevo crudo en una pelota de goma.

Sí, aunque parezca mentira.

Necesitas...

- Un huevo crudo.
- Un recipiente grande con tapa.
- Una botella de vinagre.
- Esperar 48 horas.

Manos a la obra

Paso 1

Primero metemos el huevo en el recipiente.

Paso 2

Lo cubrimos totalmente con vinagre.

Paso 3

Cerramos el recipiente.

Paso 4

Esperamos 48 horas. Si el recipiente es transparente, podrás ver cómo el vinagre va actuando sobre la cáscara del huevo.

Paso 5

Pasadas las 48 horas podemos sacar el huevo del recipiente y, con cuidado, lavarlo con agua.

Consejo científico

Es importante que para hacer experimentos usemos ropa adecuada. Ten a mano: guantes, una bata, gafas de protección y herramientas para no tocar los productos con las manos.

Paso 6

Veremos que:
1. El huevo no tiene cáscara.
2. Es más grande de lo que era cuando lo introdujimos en el vinagre.
3. SE HA CONVERTIDO EN GOMA. Puedes tocarlo y verás que es una sustancia gomosa. Incluso PUEDES HACERLO SALTAR, despacio y desde una altura muy pequeña. Dentro de nuestra pelota de goma sigue estando la yema del huevo.

¿Por qué sucede esto?

PIERDE LA CÁSCARA:
La cáscara, al entrar en contacto con el vinagre, genera una reacción química: por un lado se produce dióxido de carbono (esas burbujitas que has visto durante el proceso) y, por otro, sus partículas de calcio se desprenden.

SE HINCHA:
El agua del vinagre entra dentro del huevo, porque este tiene una membrana permeable que protege la yema pero que absorbe el agua.

SE CONVIERTE EN GOMA:
Sufre el mismo proceso que cuando lo freímos en aceite. El ácido del vinagre provoca esta misma reacción pero más moderada.

Hielo instantáneo

Sorpréndete...

¡De líquido a sólido en un segundo! Pensarás que es imposible, pero... con un poco de ayuda, ¡podrás verlo con tus propios ojos!

Necesitas...

- 150 g de acetato sódico trihidratado (se compra en tiendas de bricolaje y droguerías; a pesar de su extraño nombre es un producto inofensivo que se utiliza como aditivo alimentario).
- 50 ml de agua destilada (de la que se usa para planchar).
- 2 recipientes aptos para cocinar.
- Fuego (para calentar).
- 2 horas para enfriar.

¡IMPORTANTE!
En este experimento se ha de utilizar fuego para calentar la mezcla. Necesitarás la ayuda de un adulto.

Manos a la obra

Paso 1

Primero tenemos que hervir el agua en uno de los recipientes.

Paso 2

Cuando comience a hervir bajamos el fuego y echamos el acetato, mezclándolo con cuidado hasta que se disuelva completamente.

Paso 3

Después pasamos la mezcla al recipiente limpio, con cuidado de que no salpique las paredes del mismo. Con una servilleta de papel, limpiamos bien los posibles restos que hayan quedado. Esto es importante, porque, si las gotas de la mezcla se quedan adheridas al envase, puede ser que nuestro hielo instantáneo se solidifique antes de tiempo. (*)

(*) Recuerda que los pasos en los que se usa fuego o materiales muy calientes tendrás que realizarlos con un adulto.

Paso 4

Después lo dejamos en el frigorífico 2 horas.

Curiosidad científica

El termómetro fue inventado en 1607 por Galileo. Fue una verdadera revolución científica, pero también doméstica. Desde entonces podemos saber si tenemos fiebre o si hace mucho frío en la calle.

Paso 5

AHORA VIENE LO BUENO. Sacamos la mezcla de la nevera y la vertemos sobre una superficie, poco a poco. Veremos cómo SE SOLIDIFICA ANTE NUESTROS OJOS FORMANDO UNA FIGURA DE HIELO SECO.

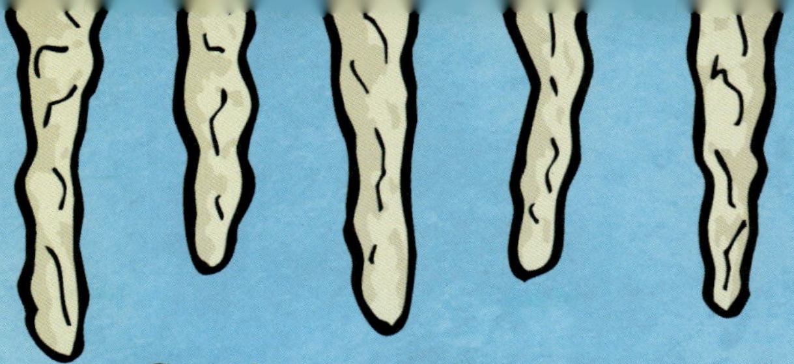

Paso 6

Con los cristales que quedan, una vez convertido en sólido, PODEMOS REPETIR EL PROCESO, calentando de nuevo el preparado hasta que vuelva a hervir.

¿Por qué sucede esto?

Lo que sucede en este experimento se llama **cristalización:** un líquido que pasa a estado sólido. Las sales del acetato, que son cristales, al mezclarlas con el agua hirviendo pasan a estado líquido. Sin embargo, en el frigorífico se enfría de forma inmediata y las partículas, que deberían cristalizarse, se quedan «mareadas», no saben ordenarse para convertirse en cristal porque el cambio ha sido muy repentino. Se quedan «líquidas» pero a punto de la cristalización. Al sacarlo de la nevera y volcarlo, el proceso se precipita. Cuando una de las partículas cristaliza, el resto se suma, como una cascada.

Un mar de colores

5

Sorpréndete...

- Colores y más colores. Un mar de fantasía para tus ojos.

Necesitas...

- Un vaso de leche entera.
- Un cuenco.
- Colorante líquido alimentario AMARILLO. (*)
- Colorante líquido alimentario AZUL.
- Colorante líquido alimentario ROJO.
- Un poco de jabón para lavavajillas líquido.

(*) El colorante líquido lo encontrarás en tiendas de alimentación, supermercados, hipermercados e, incluso, pastelerías.

Manos a la obra

Paso 1

Lo primero que hacemos es poner la leche en el cuenco.

Paso 2

Después vertemos un poco de cada colorante en el centro, de manera que queden separados por colores.

Paso 3

Finalmente echamos una gota de lavavajillas en el centro. LA LECHE SE CONVERTIRÁ EN UN MAR DE COLORES, que bailarán y construirán formas preciosas. Cuando dejen de moverse podemos echar otras gotas de lavavajillas en los bordes: el proceso volverá a repetirse, creando siempre formas distintas.

Paso 4

Podemos probar con leche desnatada y veremos que las formas cambian debido a la menor cantidad de grasa de la leche.

¿Por qué sucede esto?

Todos hemos escuchado que los detergentes actúan «contra» la grasa; sin embargo, eso no es del todo cierto. La realidad es que el lavavajillas actúa ayudando a que el agua (leche, en nuestro caso) y la grasa se lleven mejor. A la grasa no le gusta el agua, no se disuelve en ella; sin embargo, el lavavajillas consigue, con sus partículas, atraer la grasa y que se disuelva en el agua con más facilidad y se desprenda de donde está «agarrada». El jabón «secuestra», literalmente, la grasa: Estas serían las formas caprichosas que forma EL COLORANTE, que LO QUE HACE ES PINTAR LA LECHE PARA QUE PODAMOS VER EL PROCESO CON CLARIDAD.

Curiosidad científica

Algunos científicos deben trabajar con equipos de protección que parecen trajes de astronauta. Deben protegerse muchísimo, ya que están en contacto con productos altamente tóxicos y peligrosos. Por ejemplo, los científicos que buscan la cura para enfermedades muy contagiosas y mortales.

6

Una estalactita casera

Sorpréndete...

- Con los miles de años que necesita la naturaleza para hacer estalactitas... y nosotros te enseñamos a hacer una en unos días.

Necesitas...

- 2 vasos transparentes con agua.
- 20 cucharadas de sal.
- 60 cm de cordón de algodón.
- 2 tuercas (harán de peso).
- Un plato pequeño (de café o de postre).
- Un poco de paciencia.

Manos a la obra

Paso 1

Atamos una tuerca a cada extremo del cordón.

Paso 2

Después mezclamos la mitad de la sal en cada vaso con agua. Hay que disolver la sal por completo. Obtendremos agua sobresaturada de sal.

Paso 3

Introducimos en cada vaso una de las tuercas, sumergiendo el cordón en el agua. Entre los dos vasos ponemos el plato, de manera que el cordón sobrante, el que va de vaso a vaso, quede sobre él.

Paso 4

Y ahora toca esperar. Poco a poco el agua sobresaturada en sal irá subiendo por nuestro cordón. La sal irá cristalizando y formará, en unos siete días, UNA AUTÉNTICA ESTALACTITA DE SAL.

¿Por qué sucede esto?

Por el efecto de **capilaridad:** como el algodón es absorbente, el agua muy salada irá empapando el cordón. Subirá por él y, al salir al exterior, se evaporará el agua, lo que hará que la sal vuelva a su estado sólido, cristalizando. De esta manera los pequeños cristales de sal irán formando una estalactita, del mismo modo que sucede en las cuevas.

Curiosidad científica

Las estalactitas más grandes del mundo se encuentran en Hungría, con 25 metros, y en Cuba, ¡con 67 metros! Casi lo que mide una pista de atletismo.

El submarino indeciso

7

Sorpréndete...

- Un submarino que sube, que baja, que vuelve a subir... a tu antojo.

Necesitas...

- Una jarra o recipiente grande de cristal transparente.
- Un vaso de cristal transparente pequeño lleno de aceite.
- Agua.
- Alcohol etílico de 96º (el que se usa para curar heridas; seguro que tienes en casa). (*)
- Una cucharilla o jeringa.

(*) IMPORTANTE:
EL ALCOHOL ES TÓXICO.
Como no debes manipular tú solo los medicamentos, pide ayuda a un adulto.

Manos a la obra

Paso 1

Ponemos, con cuidado, el vaso pequeño lleno de aceite dentro de la jarra vacía.

Paso 2

Vamos llenando el recipiente grande de alcohol. Hemos de tener cuidado de que no caiga directamente sobre el aceite que hay en el vaso. Para ello, lo verteremos por uno de los laterales. El aceite debe quedarse en el vaso.

Paso 3

Después, cuando el alcohol sobrepase el vaso de aceite, con la cuchara o con la jeringa comenzamos a añadir agua, poco a poco, teniendo cuidado de que no caiga directamente sobre el vaso de aceite. También podemos hacerlo dejando que el agua escurra por una de las paredes del recipiente.

Paso 4

Llegará un momento, cuando haya suficiente agua, en que el aceite comenzará a subir, despacio. Y flotará. En ese momento, con unas pinzas y con mucho cuidado, podemos extraer el vaso de dentro, pero sin tocar el «submarino».

Curiosidad científica

El primer submarino que se probó de manera eficaz fue creado en 1860. Su creador no consiguió financiación para el proyecto, ya que era demasiado avanzado para la época, y murió arruinado, sin saber que en menos de cien años su descubrimiento sería muy popular.

Paso 5

Luego podemos jugar a hacerlo subir y bajar. Si volvemos a echar alcohol, el submarino SE HUNDIRÁ; si echamos agua, ¡VOLVERÁ A EMERGER!

¿Por qué sucede esto?

El aceite, el agua y el alcohol tienen densidades diferentes. El alcohol tiene menos densidad que el aceite y el aceite menos que el agua. Por eso el aceite sube por encima del agua pero se hunde en el alcohol.

Al variar la cantidad de agua y alcohol, lo que hacemos es que cambie la densidad de nuestra mezcla; por eso el aceite se comporta como un submarino loco que sube y baja.

¿Sólido o líquido?

8

Sorpréndete...

- ¡Qué indeciso este material! ¡Igual parece un líquido que parece una piedra!

Necesitas...

- Un recipiente.
- Un poco de agua.
- Harina de maíz (maicena).
- Una cuchara.

Manos a la obra

Paso 1

Vertemos un poco de agua en el recipiente.

Paso 2

Después echamos, poco a poco, la harina de maíz. Mientras, mezclamos con la cuchara para conseguir una papilla espesa.

Paso 3

Ahora viene la diversión. A simple vista nuestra papilla se comporta como un «líquido»; podemos introducir con cuidado la cuchara y se hundirá. Pero… ¿y si golpeamos con la cuchara la superficie? Entonces se comportará como si fuera un sólido.

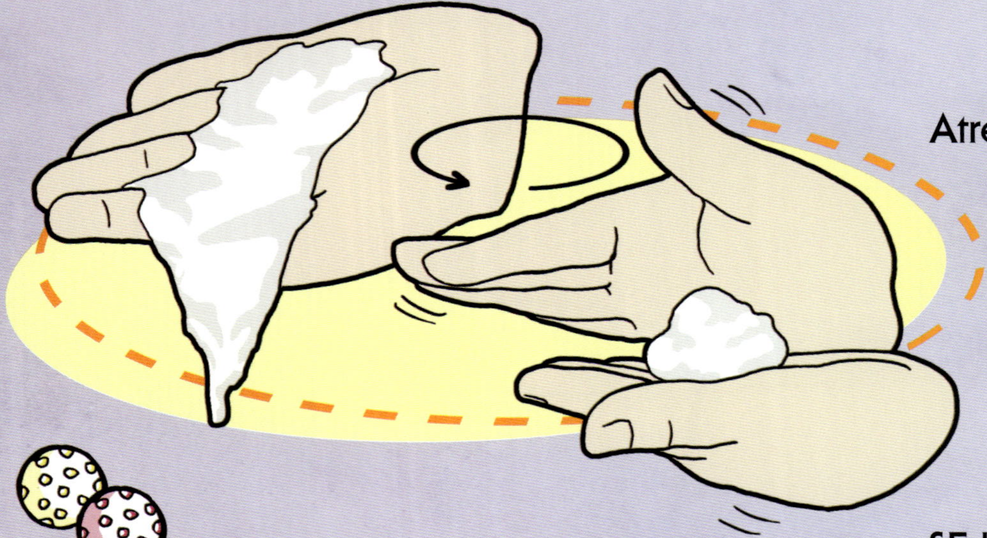

Paso 4

Atrévete y tócala. Cuanto más rápidamente la toques y la muevas, más sólida será.

Paso 5

¿Y si coges un poco entre las manos y la amasas? SE HARÁ UNA PELOTA, como si fuera plastilina. Pero en cuanto dejes de moverla, VOLVERÁ A COMPORTARSE COMO UN LÍQUIDO.

Paso 6

Prueba a lanzar una de esas pelotas al recipiente desde cierta altura. Verás que al caer «choca» como si lo hiciera contra el suelo, pero pasados unos segundos... ¡se hunde!

¿Por qué sucede esto?

Al mezclar el agua con la harina (almidón) de maíz, conseguimos un fluido NO NEWTONIANO, que cambia su consistencia y viscosidad dependiendo de la presión que se ejerza sobre él.
Se investiga con este tipo de fluidos para hacer chalecos antibalas y otros tejidos u objetos de seguridad que absorban los impactos.

Curiosidad científica

El sólido con menos densidad del mundo es un aerogel, inventado por el hombre. Puede posarse sobre los pétalos de una flor sin doblarlos. Fijate: lleno de este aerogel, un recipiente donde quepa una tonelada de agua ¡solo pesaria 160 g!

Bosque mágico de cristales

9

Sorpréndete...

- Si tienes duendes en casa, es una buena manera de hacerles una casita; seguro que les encanta y se trasladan a vivir a tu bosque mágico.

Necesitas...

- Un paquete de pastillas de ácido acetilsalicílico (aspirinas). (*)
- Un bote de conservas limpio y sin etiquetas, de cristal transparente y de unos 200 ml.
- Agua.
- Muuuucha paciencia.

(*) ¡OJO! Este experimento tendrás que llevarlo a cabo con un adulto, ya que los medicamentos no pueden estar al alcance de los niños.

Manos a la obra

Paso 1

Llenamos el recipiente de agua.

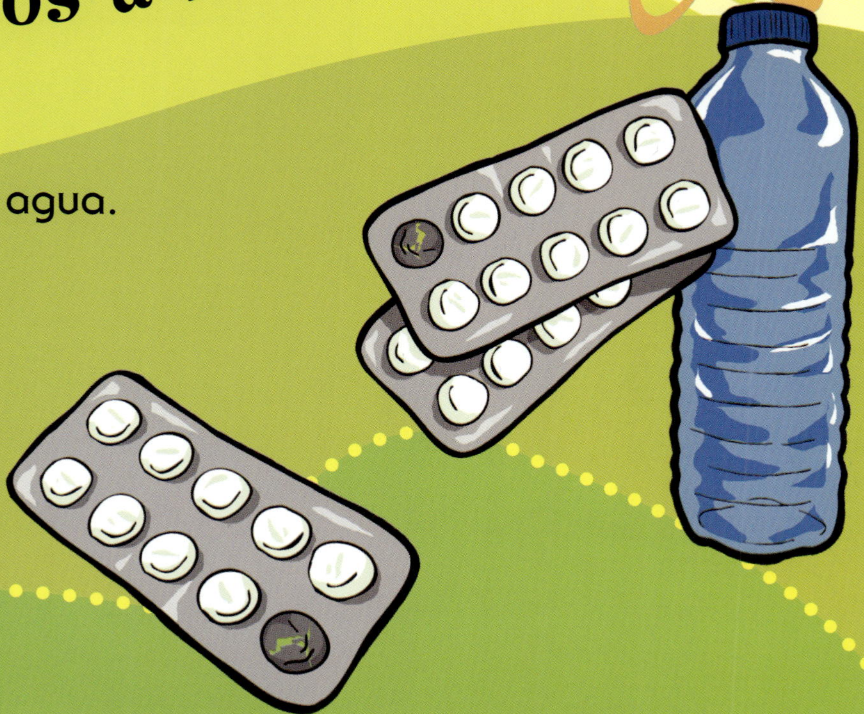

Paso 2

Vaciamos el paquete de pastillas dentro del agua.

Paso 3

Esperamos ¡¡DE 3 A 6 MESES!! (dependiendo de la humedad, de la cantidad de agua, etc.). Sabemos que es mucho tiempo, pero la espera VALE LA PENA. Además, así podremos seguir el proceso cada día, hasta que nuestro hermosísimo bosque esté terminado.
LA PACIENCIA ES LA MADRE DE LA CIENCIA.

Paso 4

Cuando el agua finalmente se haya evaporado por completo, tendremos un maravilloso bosque de cristales, como si hubiéramos atrapado copos de nieve gigantescos. Es realmente precioso.

¿Por qué sucede esto?

Ya hemos hablado de la **cristalización** en otros experimentos. Este proceso sucede al evaporarse el agua; el ácido acetilsalicílico cristaliza, formando primero agujas y luego esas bonitas figuras geométricas.

Curiosidad científica

Un arrecife de coral podría parecerse a nuestro bosque de cristales. El coral está vivo, por lo que la Gran Barrera de Coral, en Australia, con más de 2.000 km de longitud, se considera la estructura viva más grande del planeta.

Tu propia pintura

10

Sorpréndete...

- Antes hemos visto el experimento «¿Sólido o líquido?». Pues fíjate lo que puedes hacer también con harina de maíz: tu propia pintura de dedos y... ¡A PINTAR!

Necesitas...

- 600 ml de agua (3 vasos).
- 200 ml de harina de maíz (1 vaso).
- Colorante alimentario (de los colores que más te gusten).
- Un cazo para calentar el agua.
- Un recipiente para mezclar.

¡OJO! Hay que calentar agua. Pídele a un adulto que lo haga por ti y que sea él quien manipule el recipiente... ¡no te vayas a quemar!

Manos a la obra

Paso 1

Primero tenemos que separar un vasito de agua (unos 150 ml) para diluir la harina de maíz. Mezclamos el vasito de agua con la harina de maíz en un recipiente. Removemos muy bien para que no queden grumos. Reservamos la mezcla.

Paso 2

Luego tenemos que calentar el resto del agua (2 vasos).

Paso 3

Cuando esté bien caliente, lo añadimos a la mezcla que tenemos reservada.

Paso 4

Removemos muy bien hasta que tenga la textura de la pintura de dedos.

Paso 5

Por último, solo tenemos que añadir colorante a nuestro gusto, volviendo a remover muy bien, hasta que toda la pasta tenga el color elegido. (*)

(*) Puedes separar partes de la mezcla en recipientes más pequeños para tener varios colores. O, si vas a pintar un mural muy grande, puedes hacer solo un color.

Paso 6

Dejamos enfriar y, una vez frío, ¡YA TENEMOS NUESTRA PINTURA!

¿Por qué sucede esto?

Hay moléculas que se «quieren» y, por lo tanto, se juntan, y otras que no se quieren nada y no pueden estar unidas (por ejemplo, las de aceite y agua). En el caso de nuestra pintura de dedos, se llevan bien. La harina de maíz se mezcla con el agua y el colorante hasta cambiar su consistencia. Al unir los tres ingredientes, se han convertido en PINTURA DE DEDOS.

¿SABÍAS QUE...?

Hace relativamente poco que los investigadores han descubierto las fórmulas para hacer pinturas sintéticas, tanto para pintar superficies, como para uso artístico.

Curiosidad científica

A lo largo de la historia se han utilizado muchísimos materiales para crear pinturas: carbón, sangre, yema de huevo, aceite... mezclados con pigmentos minerales o animales. Algunas han durado miles de años, como las pinturas rupestres. ¿Perdurará tanto nuestra pintura de dedos?

11

Arena mágica

Sorpréndete...

- Conseguirás fabricar arena que no se moja y... ¡A JUGAR!

Necesitas...

- Arena.
- Horno.
- Espray impermeabilizante (se usa para que los zapatos de piel y otros objetos no se dañen con el agua. Lo venden en supermercados, zapaterías o incluso en tiendas donde reparan el calzado. También los hay de colores, si prefieres que tu arena sea de color).

¡OJO! Para hacer este experimento necesitas que te ayude un adulto.

Manos a la obra

Paso 1

La arena absorbe muchísimo la humedad, así que el primer paso será quitar toda el agua que contenga. Para ello nos servimos del horno.

PIDE A UN ADULTO QUE META LA ARENA EN EL HORNO Y LO PONGA A 100 °C. Permanecerá ahí dentro durante 1 hora.

Paso 2

Que el adulto saque la arena del horno. La dejamos enfriar un poco.

Paso 3

Cuando la arena ya no esté muy caliente, la rociamos con el espray. Lo que conseguimos es impermeabilizarla.

Paso 4

Esperamos de nuevo a que se seque.

Paso 5

Una vez seca, volvemos a removerla y a añadir espray hasta que se quede perfectamente recubierta.

Paso 6

¡Ya PODEMOS JUGAR CON NUESTRA ARENA MÁGICA!

Cosas que podemos probar:

1. Echamos unas gotas de agua sobre ella y vemos lo que sucede: las gotas se quedan sobre la arena.
2. Metemos la arena en un recipiente y echamos agua hasta cubrirla. Introducimos la mano y sacamos la arena: ¡¡ESTÁ SECA!!
3. Llenamos un recipiente transparente con agua. Volcamos, poco a poco, la arena mágica: ¡qué bonitas formas toma!
4. Todas las que podamos imaginar.

Curiosidad científica

¿Cuántos granos de arena hay en el mundo? En la mano de un adulto y con el tamaño de la arena más fina, caben 11.000.000 DE GRANOS DE ARENA. ¡Imagínate la que cabe en todo el mundo!

¿Por qué sucede esto?

La arena se lleva bien con el agua. Sin embargo, cuando extraemos la humedad de la arena y la recubrimos con el espray, la convertimos en HIDROFÓBICA (que quiere decir, literalmente, «que le tiene miedo al agua»). Entonces, la arena REPELE EL AGUA. Lo que hemos hecho ha sido PONERLE UN IMPERMEABLE. ¡Como el que nos ponemos nosotros cuando llueve y no queremos mojarnos!

Dos métodos para hacer... tinta invisible

12

Sorpréndete...

- ¿Usarán los espías esta tinta?

Seguro que sí.
Podrás mandar mensajes secretos sin que nadie los pueda leer...

Necesitas...

MÉTODO 1

- Un limón.
- Papel.
- Una bombilla de 100 w, encendida (la de tu mesita de noche o cualquier otra). (*)
- Un pincel (o tus propios dedos).

MÉTODO 2

- Agua.
- Bicarbonato de sodio (del que se usa para cocinar).
- Papel.
- Zumo de uva.
- Algodón o un pañuelo de papel.

(*) **¡OJO!** Las bombillas encendidas QUEMAN. Mucha precaución.

Manos a la obra

MÉTODO 1

Paso 1

Exprimimos el zumo del limón.

Paso 2

Escribimos nuestro mensaje con el zumo de limón (puedes usar los dedos, un pincel o lo que quieras).

Paso 3

Esperamos a que se seque.

Paso 4

Acercamos el papel a la bombilla encendida u otro foco de calor, y... ¡APARECERÁ TU MENSAJE!

MÉTODO 2

Paso 1

Mezclamos, a partes iguales, bicarbonato con agua. Por ejemplo: un vasito pequeño de bicarbonato y el mismo vasito de agua. Removemos para que quede bien mezclado.

Paso 2

Con esta mezcla escribimos nuestro mensaje en el folio.

Paso 3

Esperamos a que se seque.

Paso 4

Para desvelar el secreto, tenemos que pasar el zumo de uva por encima del papel (con un poco de algodón o un pañuelo de papel bien empapado) y... APARECERÁ.

Curiosidad científica

La escritura cifrada existe desde que los seres humanos comenzaron a escribir.

En periodos de guerra, todas las civilizaciones han recurrido a los científicos para intentar desvelar los códigos secretos de los mensajes del enemigo.

Hoy en día, Internet funciona gracias a códigos cifrados que seríamos incapaces de entender.

¿Por qué sucede esto?

Lo que sucede en ambos casos es una reacción química. Los ácidos de los productos reaccionan.

En el caso del limón: al acercarlo al calor, el ácido del zumo del limón se «quema» mucho antes que el papel y por eso se ve de color marrón, como tostado.

En el caso del bicarbonato: es un ácido que reacciona con el ácido del zumo de uva, lo que genera un nuevo compuesto que tiene un color diferente.

13

¿Cambiará de color?

Sorpréndete...

- Podrás saber si un alimento lleva o no almidón.

Necesitas...

- Un recipiente.
- Agua.
- Tintura de yodo (el yodo lo venden en las farmacias; seguro que tienes en el botiquín de casa, porque se usa para desinfectar las heridas). (*)
- Alimentos para hacer la prueba (por ejemplo, unas migas de pan, un poco de pasta cruda, arroz, una cucharada de yogur, un trozo de lechuga...).

(*) ¡CUIDADO!
Pide ayuda a un adulto para manipular el yodo. Y lo más IMPORTANTE: todo alimento que sometas al yodo luego NO TE LO COMAS.

Manos a la obra

Paso 1

Primero hacemos la prueba con el pan. Metemos en el recipiente un trozo pequeñito de pan (no es necesario poner mucho).

Paso 2

Echamos un poco de agua (unas cucharadas serán suficientes).

Paso 3

Ahora vertemos unas gotas de la tintura de yodo y mezclamos.

Paso 4

¿Qué sucede? De pronto, el pan cambia de color: de marrón pasa a ser ¡¡AZUL!! Eso quiere decir que EL PAN CONTIENE MUCHO ALMIDÓN.

Paso 5

Prueba ahora con los diferentes alimentos: el arroz y la pasta también cambiarán de color, pero LA LECHUGA Y EL YOGUR no. Claro, porque estos últimos NO CONTIENEN ALMIDÓN.

Curiosidad científica

El almidón es una sustancia que está en muchos alimentos; de hecho constituye el 80 % del aporte de calorías (carbohidratos) de nuestra dieta, es decir, lo necesitamos para vivir. El pan, los cereales y algunas frutas contienen muchísimo almidón.

Paso 6

Puedes probar con otros alimentos, los que tú quieras.

¿Por qué sucede esto?

La tintura de yodo reacciona con el almidón de los alimentos. Es una reacción química que se produce en cadena al entrar en contacto ambas sustancias. Cuando se unen, reaccionan poniéndose azules.

Huevo frito sin fuego

14

Sorpréndete...

- Freír un huevo sin fuego... ¿Cómo es posible?

Necesitas...

- Un recipiente con el fondo plano.
- Alcohol etílico de 96º (el de curar heridas que venden en farmacias; seguro que tienes en casa). (*)
- Un huevo.

(*) Ya sabes, el alcohol es tóxico. Manéjalo con AYUDA DE UN ADULTO. Y OJO, ¡NO TE COMAS ESTE HUEVO!

Manos a la obra

Paso 1

Echamos alcohol en el recipiente hasta que el fondo quede bien impregnado.

Paso 2

Rompemos el huevo y lo depositamos sobre el alcohol.

Paso 3

Vertemos alcohol también sobre el huevo, hasta cubrirlo.

Paso 4

Esperamos. En unos minutos el huevo comenzará a cambiar de color.

Paso 5

En un par de horas, ¡el huevo tendrá el mismo aspecto que si lo hubiéramos frito en una sartén!

Curiosidad científica

LA CIENCIA DE LA COCINA:

En una cocina podemos aprender y observar muchos procesos químicos y físicos:

- -La evaporación del agua o formación de nubes (agua hirviendo).
- -El comportamiento de la densidad de las sustancias (agua y aceite).
- -Las reacciones químicas al freír o cocer.
- -La oxidación (la fruta que «se pone fea» al pelarla).
- -La presión (de la olla a presión).
- -La solidificación y congelación.

Podrás descubrir muchos más si tienes «ojo de científico».

¿Por qué sucede esto?

Lo que sucede al freír un huevo, o ponerlo en alcohol, es un proceso químico que se llama **desnaturalización.** El huevo se solidifica y cambia de color. Así que, de ahora en adelante, puedes decir: «¡Hoy voy a preparar un huevo desnaturalizado con patatas fritas!».

Luego puedes añadir: «¡Qué se le va a hacer, los científicos hablamos así...!».

Y OJO: ¡NO TE COMAS NUNCA ESTE HUEVO!

Un toque de...
¡FÍSICA!

Los fideos saltarines

1

Sorpréndete...

- Fideos que saltan a un globo. No están vivos, es la electricidad estática.

Necesitas...

- 2 globos.
- Un jersey o bufanda de lana.
- 4 fideos, de los más finos que encuentres en casa.
- Trocitos de papel.

Manos a la obra

Paso 1

Inflamos el globo y lo atamos.

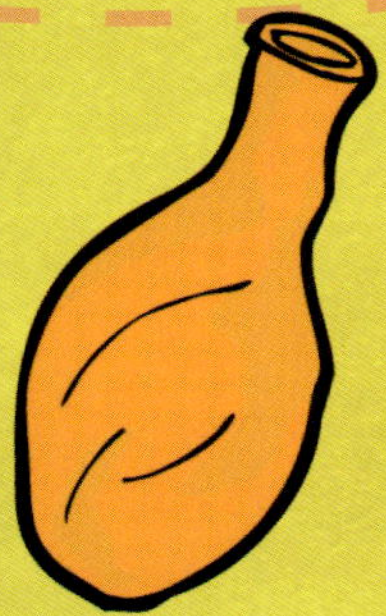

Paso 2

Frotamos el globo, mucho rato, contra la lana.

Paso 3

Acercamos el globo, poco a poco, a los fideos.

Paso 4

Primero vemos cómo se levantan, hasta estar completamente verticales; se mueven y bailan. Y, si acercamos un poco más el globo... ¡saltan como si estuvieran VIVOS!

Paso 5

Podemos probar con trocitos pequeños de papel. Vemos cómo el globo también los atrae y se quedan pegados a él.

Paso 6

Ahora, inflamos el otro globo. Frotamos ambos globos en la lana. Acercamos uno al otro y... NO SE ATRAEN; AL CONTRARIO: SE REPELEN.

¿Por qué sucede esto?

¿Tienes el pelo largo? Prueba a acercarte el globo, después de frotarlo con la lana, y verás cómo se levanta, igual que los fideos de nuestro experimento. También te pasará en invierno, al quitarte el jersey. Es debido a la electricidad estática. Al frotar el globo con la lana, este se llena de electricidad con carga negativa. Los fideos son atraídos por la carga negativa de nuestro globo. La **electricidad estática** funciona igual que el magnetismo de los imanes: cargas iguales se repelen; cargas contrarias se atraen.

Curiosidad científica

¿Te has preguntado alguna vez cómo se forman las PELUSAS que hay debajo de tu cama? Para que se forme una pelusa primero tiene que haber un pelo (¿se llamarán pelusas por eso?). El pelo se carga de electricidad estática con el ROCE DE NUESTROS MOVIMIENTOS y las corrientes de aire. Después, atrae todo lo que hay a su alrededor: polvo, telarañas, fibras, etc. Por eso, las casas son el paraíso de las pelusas.

La luz que se traga la moneda

2

Sorpréndete...

- Ahora la ves. Ahora no la ves. ¿Cómo es posible? Una cuestión de óptica y luz.

Necesitas...

- Un recipiente de cristal transparente.
- 2 monedas.
- Agua.

Manos a la obra

Paso 1

Ponemos una moneda DENTRO del recipiente.

Paso 2

Lo llenamos de agua. Miramos la moneda. OJO: no hay que mirar desde arriba, sino por un lateral, a través del vidrio. LA MONEDA ESTÁ AHÍ Y SE VE PERFECTAMENTE.

Paso 3

Vaciamos de agua el recipiente. Y ahora, en lugar de poner la moneda dentro del recipiente, la ponemos DEBAJO de él. Sigue viéndose en su lugar, ¿verdad?

Paso 4

Llenamos de nuevo el recipiente de agua y volvemos a mirar por un lado del envase, a través del cristal.

Paso 5

LA MONEDA DESAPARECE ANTE NUESTROS OJOS.
¿Cómo es posible?

¿Por qué sucede esto?

Se llama **refracción**. Tan solo vemos los objetos que reflejan la luz hasta nuestros ojos. Al poner la moneda debajo del cristal, llenarlo de agua y mirar a través del vidrio:

NO VEMOS LA MONEDA PORQUE LA LUZ SE DESVÍA Y NO LLEGA A NUESTROS OJOS.

Sin embargo, si miramos la moneda (la que está debajo) DESDE ARRIBA, no de lado, LA VEREMOS PERFECTAMENTE, porque la luz desde arriba no sufre ninguna desviación.

Curiosidad científica

La luz que ilumina la Tierra (y nuestra moneda), la que llega desde el Sol, recorre 149.600.000 km en 8 minutos y 17 segundos.

Una nube dentro de la botella

3

Sorpréndete...

- Una nube de andar por casa. Con la ayuda de un adulto, podrás crear una nube dentro de una botella.

Necesitas...

- Una botella de plástico de 2 litros.
- Alcohol etílico de 96º (*), del que se usa para curar (lo venden en las farmacias y seguro que tienes en casa).
- Un tapón de goma (que entre en la boca de la botella).
- Un punzón o destornillador.
- Un inflador manual (de los que sirven para inflar las ruedas de la bici).

(*) Lo volvemos a repetir, pero es importante: el alcohol es tóxico. QUE TE AYUDE UN ADULTO.

Manos a la obra

Paso 1

Cogemos el tapón de goma y le hacemos un agujero con un punzón o destornillador, de manera que quepa la boquilla más fina de nuestro inflador. (*)

(*) ¡OJO! Es mejor que este paso lo haga un adulto.

Paso 2

Echamos un poco de alcohol en la botella de plástico, solo hasta cubrir el fondo.

Paso 3

Tapamos la botella.

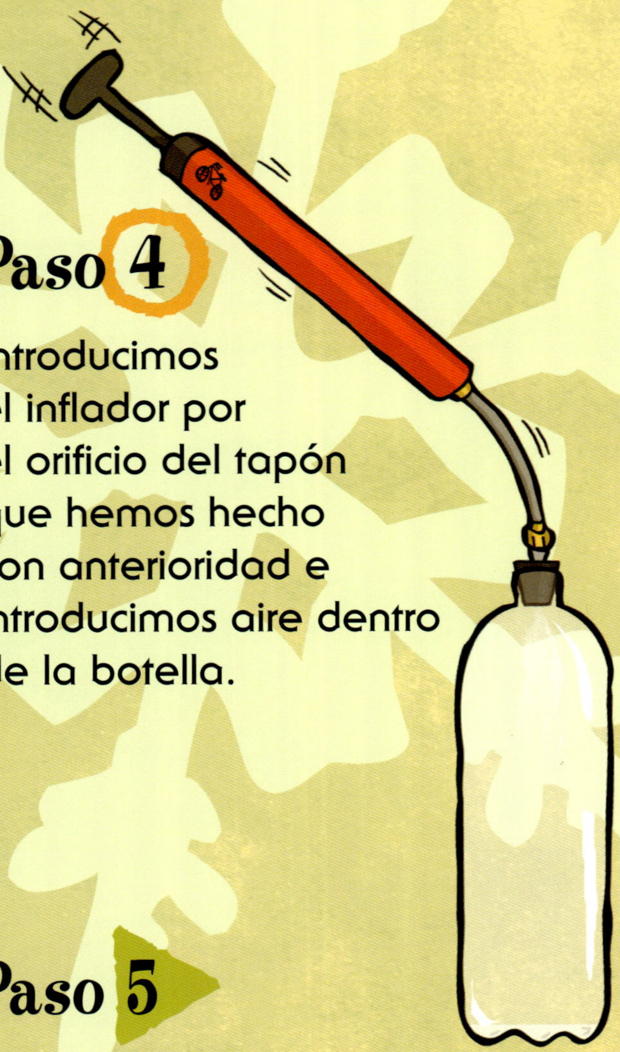

Paso 4

Introducimos el inflador por el orificio del tapón que hemos hecho con anterioridad e introducimos aire dentro de la botella.

Paso 5

Quitamos el tapón... e inmediatamente **SE FORMARÁ UNA NUBE DENTRO DE LA BOTELLA.**

¿Por qué sucede esto?

Las nubes del cielo se generan por **condensación**: el agua que se evapora por el calor del sol sube en forma de vapor. Por el frío, se condensa y forma nubes. Luego cae en forma de lluvia.

El vapor podemos verlo, claramente, si ponemos a calentar agua en el fuego. Si dejamos el agua en el fuego mucho rato, desaparecerá del cazo: SE HABRÁ EVAPORADO TOTALMENTE.

En este experimento creamos algo parecido: los gases del alcohol y la presión del inflador hacen que se condense nuestra nube.

Curiosidad científica

La NIEVE se produce cuando las nubes están a una temperatura por debajo de 0 grados y el agua que contienen se cristaliza formando copos de nieve.
El GRANIZO, sin embargo, se forma cuando las nubes se enfrían de manera brusca, formando bolas de hielo.
La piedra de granizo más grande del mundo pesaba 1 kg y cayó en Bangladesh en 1986. ¡Menos mal que no nos pilló cerca!

Tras la nube... la lluvia

Sorpréndete...

- ¿Por qué llueve? ¿Cómo se forma la lluvia? Con este experimento podrás averiguarlo.

Necesitas...

- 2 recipientes transparentes, uno grande y otro más pequeño (para que quepa en el primero).
- Sal.
- Un poco de colorante.
- Agua.
- Film de cocina o una tapa de plástico transparente.
- Unos 3 cubitos de hielo.

¡OJO! Hay que utilizar agua muy caliente; que un adulto te ayude a realizar este experimento.

Manos a la obra

Paso 1

En el cuenco grande echamos la sal, el colorante y el agua hirviendo. Luego removemos bien toda la mezcla.

Paso 2

Introducimos el recipiente pequeño con agua limpia.

Paso 3

Sellamos el recipiente grande con el plástico o la tapa transparente.

Paso 4

Ponemos el hielo sobre la tapa de plástico.

Paso 5

Esperamos. El agua caliente se irá evaporando y, en unos minutos, COMENZARÁ A LLOVER. Sin embargo, solo lloverá sobre el recipiente pequeño y... ¡SORPRESA!: será agua limpia y no estará salada, a pesar del colorante y de la sal que hemos añadido.

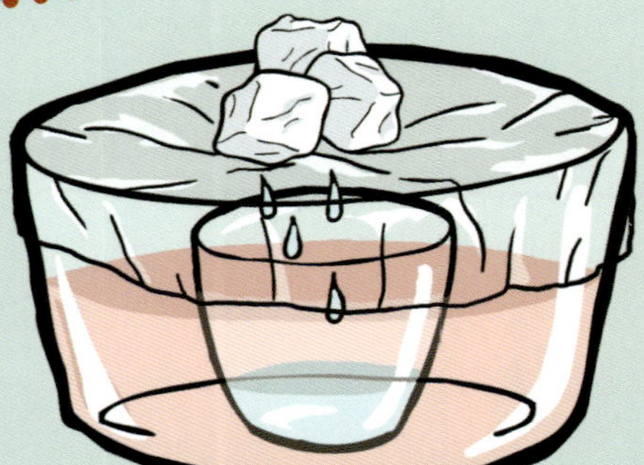

Curiosidad científica

SOBRE GOTAS Y RAYOS:
La velocidad a la que cae una gota de lluvia desde las nubes es de 28 km/hora. Muy despacio si la comparamos con la luz, que viaja a ¡¡300.000 km por segundo!!

Einstein decía que, si un astronauta viajaba a una velocidad superior a la de luz, regresaría de su viaje ANTES de haberse ido. Viajar a mayor velocidad que la luz implica viajar hacia atrás en el tiempo.

¿Por qué sucede esto?

En este experimento podemos ver claramente el proceso de **evaporación**. El agua hirviendo se evapora. Arriba, se encuentra con un obstáculo que no permite que siga subiendo. Esto mismo sucede con el agua evaporada de la tierra, que se encuentra con un cambio de presión y de temperatura.

Al añadir el hielo, precipitamos el proceso de **condensación**. Forma gotas que caen como la lluvia.

El otro fenómeno que podemos ver en nuestro experimento es el **destilado** del agua. La sal no se evapora y tampoco el colorante.

¿Cuántos caben?

5

Sorpréndete...

- ¿Cuántos alfileres caben en un vaso lleno de agua hasta el borde? Apuesta y gana, porque... ¡caben más de los que te imaginas!

Necesitas...

- Entre 2 y 3 cajas de alfileres, de las que tenemos en el costurero de casa (suelen ir por gramos, pero las cajitas más grandes tienen entre 100 y 150 alfileres). Cuantos más consigas, mejor.
- Un vaso o copa de cristal.

Manos a la obra

Paso 1

Llenamos la copa de agua hasta que no quepa ni una gota más. Justo hasta el borde, pero sin que llegue a derramarse.

Paso 2

Con mucho cuidado iremos echando, UNO A UNO, los alfileres y contando los que caben en el vaso sin que se salga el agua. (*)

Paso 3

Uno, dos, tres, cuatro...

Paso 4

...quince, dieciséis, diecisiete...

(*) ¡OJO! Los alfileres son peligrosos. ¡¡Experimento para realizar CON UN ADULTO!!

Paso 5

...noventa...
cien...
doscientos...
trescientos...
¿Cómo es posible? ¡¡Puedes llegar a introducir más de QUINIENTOS ALFILERES sin que el agua rebose y se salga!!

Curiosidad científica

Se dice que Arquímedes se metió en la bañera y se dio cuenta de que el agua desbordada tenía el mismo volumen que su cuerpo (el llamado Principio de Arquímedes); de esta manera se podía saber el volumen de cualquier objeto, tuviera la forma que tuviera. Emocionado por su descubrimiento, salió a la calle sin vestir, gritando: ¡EUREKA! («¡Lo tengo!»).

¿Por qué sucede esto?

Todo cuerpo sumergido en un líquido desaloja una cantidad de dicho líquido igual a su volumen.

Bien, ¿qué sucede entonces con nuestros alfileres? El alfiler tiene muy poco peso (de hecho, si lo dejas con suavidad en posición horizontal, ¡flotará!). Cuando metemos los alfileres uno a uno, el agua no se desborda. Podemos decir que los «sujeta» porque no pesan apenas.

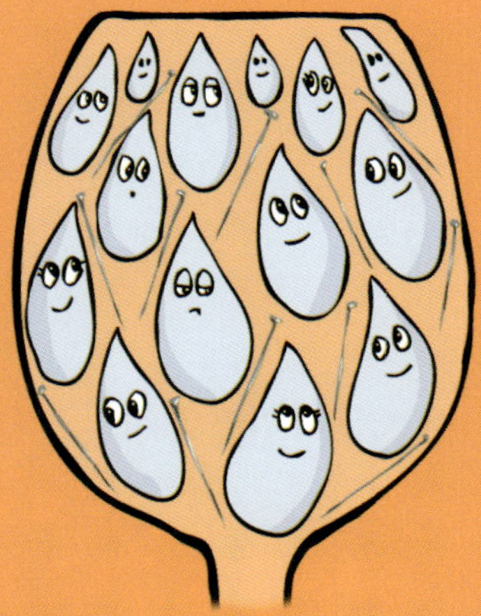

Del derecho y del revés

6

Sorpréndete...

- Dibujos que cambian de posición: ¿Es magia? ¡¡Noooo, es ciencia!!

Necesitas...

- Un tarro de cristal cilíndrico con tapa (de los de conservas).
- Agua.
- Un papel.
- 3 rotuladores de colores diferentes.

Manos a la obra

Paso 1

En el papel pintamos una figura geométrica con los tres colores diferenciados. Por ejemplo, esta:

Paso 2

Llenamos el tarro de agua y lo tapamos.

Paso 3

Apoyamos el papel en una superficie, para que quede vertical.

Paso 4

Ponemos el tarro delante del papel. Lo acercamos y lo alejamos: veremos cómo, a través del tarro, las figuras de tu dibujo ¡cambian de posición! Lo que estaba arriba se ve abajo y lo que estaba en la derecha pasa a la izquierda. Si dejamos el tarro en vertical (de pie), lo que está en la izquierda pasará a la derecha; sin embargo, si lo ponemos en posición horizontal (tumbado, y recuerda que debe estar tapado), lo que está arriba se verá abajo.

¿Por qué sucede esto?

Es una cuestión de óptica. Si está muy cerca, el tarro será una lente de aumento (lupa) y verás la figura mucho más grande pero, si separas el papel del tarro, verás que TODO SE DA LA VUELTA.

Las lentes convergentes son más finas por los extremos y más gruesas por el centro. Lo que hacen es que la luz se concentre en un punto y salga en la dirección contraria. Así:

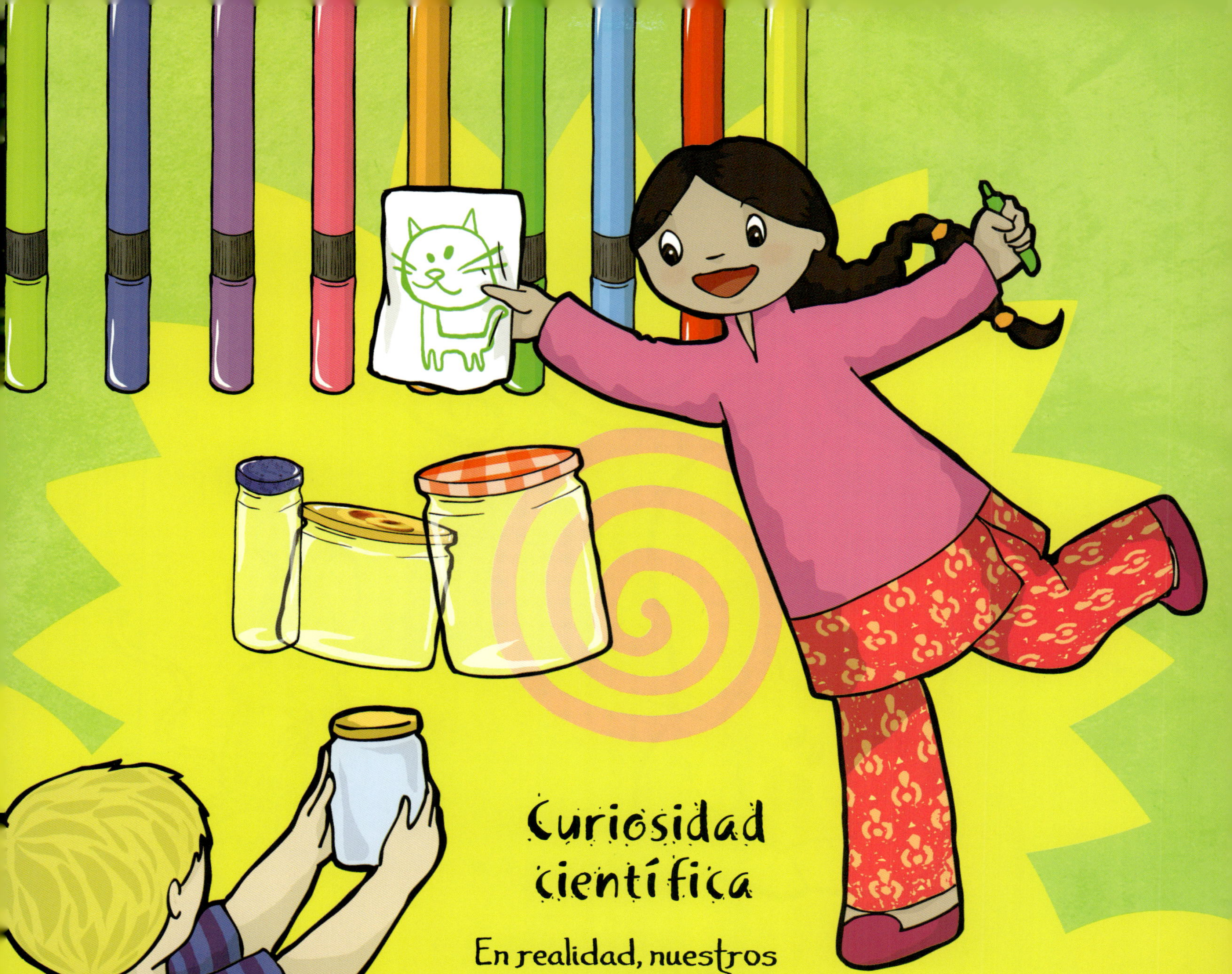

Curiosidad científica

En realidad, nuestros ojos son LENTES CONVERGENTES. Sucede como con nuestro tarro: TODO LO VEMOS AL REVÉS. Sin embargo, al llegar al cerebro a través del nervio óptico, las imágenes son procesadas y nuestro cerebro ¡LAS PONE EN LA POSICIÓN CORRECTA! Así podemos verlo todo en orden.

Equilibrios imposibles

7

$$F = \frac{Gm_1m_2}{r^2}$$

Sorpréndete...

- Se sostiene, hace equilibrios, no se cae, parece que flota... ¡El centro de gravedad tiene la culpa!

Necesitas...

- Un tapón de corcho (de los que se usan para tapar botellas de vidrio).
- Una botella llena y con tapón (de leche, de refresco, de agua... cualquiera te puede servir).
- Un palillo.
- 2 tenedores.

¡OJO! Cuidado con los objetos puntiagudos (palillos y tenedores); **MEJOR QUE TE AYUDE UN ADULTO.**

Manos a la obra

Paso 1

Primero clavamos el palillo en la base del tapón.

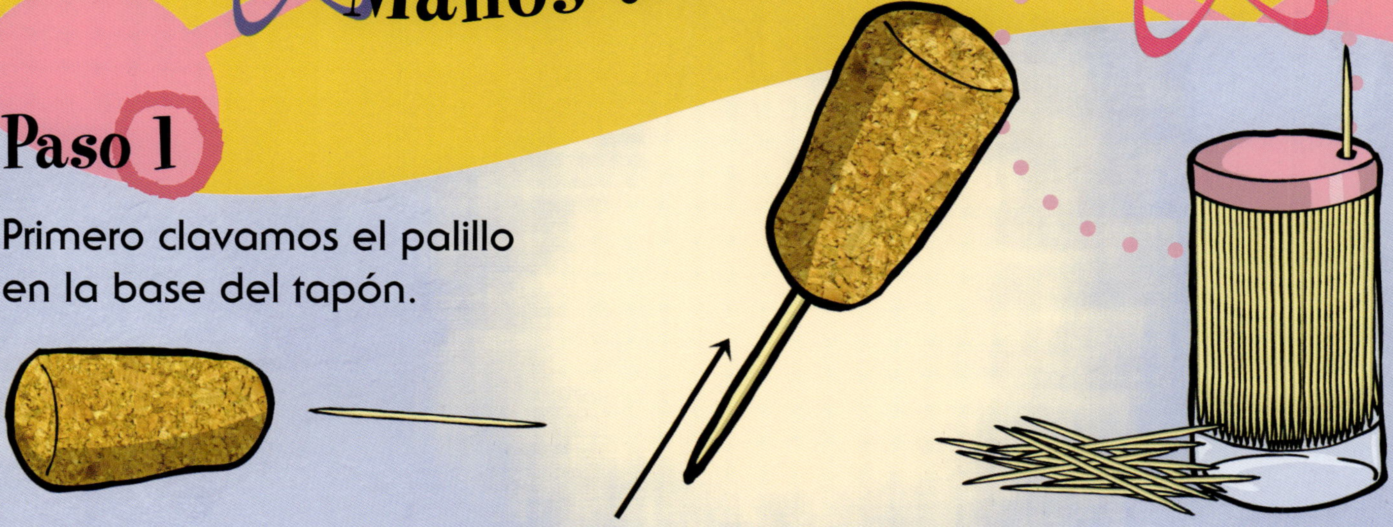

Paso 2

Después hacemos lo mismo con los dos tenedores, pero en los lados del corcho, a la misma distancia.

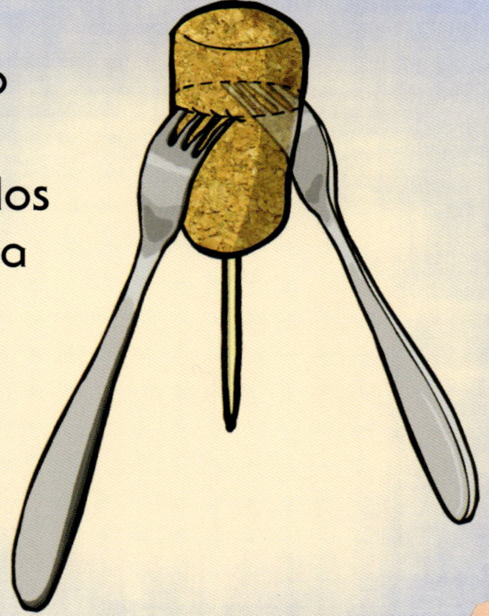

Paso 3

Por último: apoyamos el palillo (*), con los tenedores clavados, sobre el tapón de la botella. Tendrás que ir probando hasta que veas que se queda en equilibrio.

(*) Si el palillo es demasiado puntiagudo o muy largo, puedes cortar un poco la punta hasta que veas que apoya bien.

Paso 4

¡ASOMBROSO! Los tenedores y el corcho se mantienen en equilibrio sobre la botella, INCLUSO PODEMOS GIRAR LOS TENEDORES como si fueran una noria. (*)

(*) Podemos hacer este experimento con otros materiales. Por ejemplo: en lugar de un palillo, un clavo o dos alfileres de cabeza. ¡OJO! SI USAMOS OTROS MATERIALES MÁS PUNZANTES, ¡¡CUIDADO CON ELLOS!! Que los manipule un adulto.

¿Por qué sucede esto?

El **centro de gravedad** de un objeto es lo que permite que se mantenga de pie.
No podremos hacer que un espagueti se mantenga erguido; sin embargo, si juntamos muchos espaguetis y los atamos todos juntos, entonces sí será posible, porque se distribuye su peso entre altura y base.
Al pinchar el corcho y los dos tenedores a los lados, CAMBIAMOS SU PUNTO DE EQUILIBRIO.
Por eso se sujetan sobre un palillo y se quedan «volando» a ambos lados.

Curiosidad científica

La LEY DE LA GRAVEDAD es la que hace que las cosas «caigan» o que no salgamos flotando por el Universo y nos quedemos «pegados» a la Tierra. En el espacio, al no haber lo bastante cerca un cuerpo con fuerza de gravedad que atraiga el peso, tan liviano, de un ser humano, los astronautas deben vivir sin gravedad. Es muy complejo e incómodo: todo flota, incluso ellos.

¿Puedes o no?

8

Sorpréndete...

- Inflar un globo puede ser un misterio. Con este experimento podrás comprobarlo.

Necesitas...

- Una botella de plástico de 2 litros o una garrafa (con tapón). Tiene que tener un agujero pequeño (que puedas taparlo con el dedo) en la base. (*)
- Un globo.
- Agua.

(*) ¡OJO!

¡No se te ocurra hacer el agujero tú solo! Dile a un adulto que lo haga él con un destornillador o tornillo de rosca.

Manos a la obra

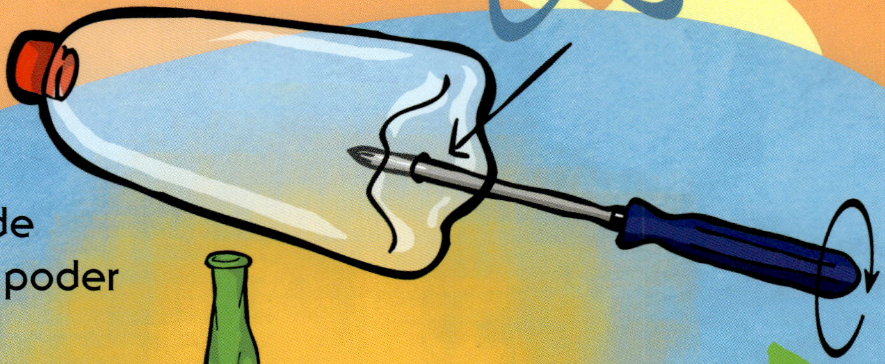

Paso 1

Hacemos un agujero en la base de la botella, del tamaño justo para poder taparlo con un dedo.

Paso 2

Tenemos que meter el globo dentro de la botella; la boquilla del globo debe quedar sujeta a la boca de la botella.

Paso 3

Tapamos el agujero de abajo con un dedo y soplamos... ¿Podemos inflarlo? NO, ¡ES IMPOSIBLE!

Paso 4

Ahora, dejamos abierto el agujero y volvemos a soplar... ¿Qué sucede? SÍ, AHORA SE INFLA EL GLOBO.

Paso 5

TAPAMOS RÁPIDAMENTE EL AGUJERO y... nos separamos de la botella. ¿CÓMO ES POSIBLE? ¡¡NO SE DESINFLA!! ¡A pesar de que la boquilla del globo NO ESTÁ ATADA!

Paso 6

Si quitamos el dedo del orificio inferior, el globo se queda sin aire de nuevo.

Paso 7

Probamos ahora a llenar la botella de agua: SE SALE POR EL AGUJERO, CLARO. Sin embargo, ¿qué sucede si ponemos el tapón?: EL AGUA DEJA DE SALIR. Si quitamos el tapón de la botella, volverá a vaciarse por abajo de forma inmediata.

Curiosidad científica

El aire rodea la Tierra y ejerce, con su peso, una presión atmosférica: a más altura menos presión, menos aire «tenemos encima».

No podemos vivir con grandes diferencias de presión, pues a través de esta llega el aire a los pulmones y de ahí a la sangre. No podemos con mucha presión, como en el fondo del mar, pero tampoco con poca; por eso los alpinistas sufren el «mal de altura»: no llega suficiente oxígeno a la sangre.

¿Por qué sucede esto?

Si tapamos el agujero de la botella, el globo no puede inflarse, porque el aire que contiene la botella se comprime y ejerce presión sobre el globo.

Si destapamos el agujero, sí podremos hacerlo, porque tiene una válvula de escape.

Si, una vez inflado el globo, volvemos a cubrir el orificio con el dedo,es decir, tapamos la válvula de escape, la presión del aire de dentro de la botella sube e impide que se vacíe.

Con el agua sucede lo mismo: al poner el tapón de la botella, la presión del aire exterior hace que el agua no pueda escaparse; digamos que funciona como otro tapón.

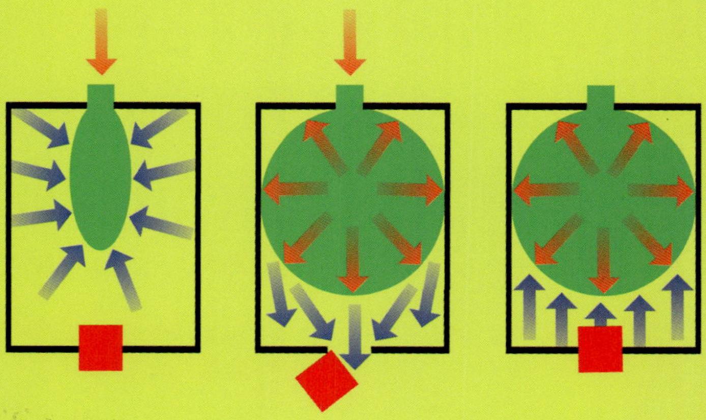

Cohete a reacción

9

Sorpréndete...

- Un cohete que saldrá disparado a reacción en tu lanzadera.

Necesitas...

- Un cordón largo de algodón grueso u otro material similar.
- Un globo.
- 2 canutos de plástico (te pueden servir los carretes vacíos de una bobina de hilo, el tubo de un rotulador grueso vacío o cualquier objeto similar que encuentres por casa).
- Cinta adhesiva de bricolaje.

Manos a la obra

Paso 1

CONSTRUCCIÓN DE LA LANZADERA:
Debemos pegar los dos tubos de plástico, de manera que queden así:

Paso 2

Después, sujetamos la boquilla del globo a uno de los tubos, de manera que podamos inflarlo por el otro extremo.

Paso 3

Introducimos el cordón por el tubo que NO tiene el globo.

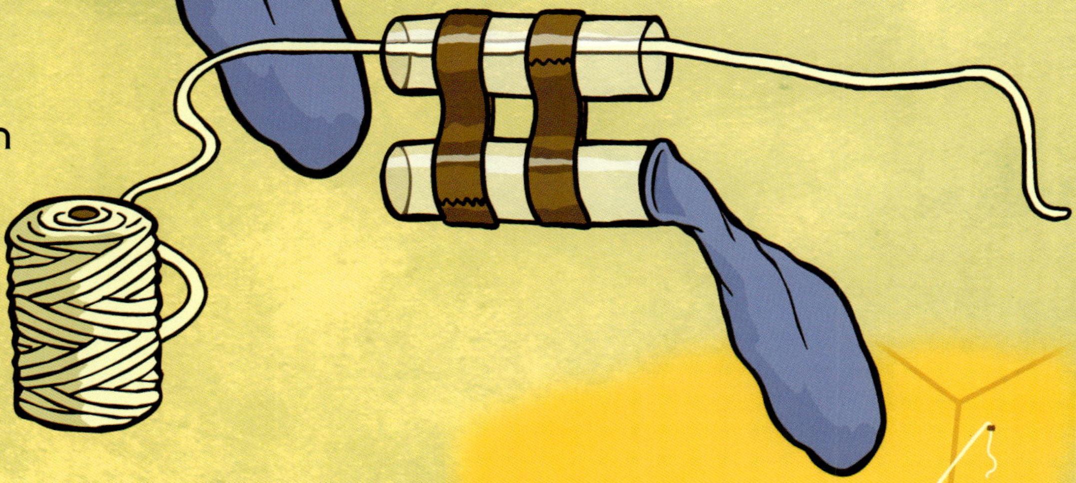

Paso 4

A continuación fijamos un extremo del cordón. Si es posible en vertical, mejor (por ejemplo, le diremos a un adulto que lo ate a la parte superior de un armario), ¡aunque nuestro cohete también puede volar en horizontal! Para eso solo necesitamos una persona que sujete con la mano el extremo de la cuerda.

Paso 5

Una vez sujeto el extremo, podremos inflar el globo a través del canuto.

Paso 6

SOLTAMOS EL COHETE. Saldrá disparado a reacción, como los cohetes de verdad, recorriendo la cuerda hasta llegar al extremo.

Curiosidad científica

Newton descubrió la Ley de la Gravedad observando la caída de una manzana de un árbol en el campo. Se preguntó por qué la manzana siempre cae al suelo... Si quieres ser un buen científico debes tener los ojos bien abiertos. ¡Nunca se sabe cuándo SE ENCENDERÁ LA BOMBILLA DE LAS IDEAS!

¿Por qué sucede esto?

La propulsión de nuestro globo sucede como en los cohetes de verdad, los que van al espacio. Solo que los cohetes, como tienen que subir muy alto y pesan mucho, llevan unos motores y una lanzadera con muchísima potencia.

La salida del aire de nuestro globo tiene una reacción: lo impulsa hacia delante o hacia arriba con la misma velocidad y fuerza que el propio aire que está expulsando.

El palo atrapado

10

Sorpréndete...

- Un palo que, de pronto, no puede salir del recipiente.

Necesitas...

- Arena (seca) o arroz.
- Un recipiente de plástico alargado, con forma de tubo.
- Un palo de madera largo, de una longitud superior a la altura del recipiente (puede servirte el mango de un cubierto de madera, de los que se usan para remover la comida).

Manos a la obra

Paso 1

Metemos el palo en el recipiente en forma de tubo.

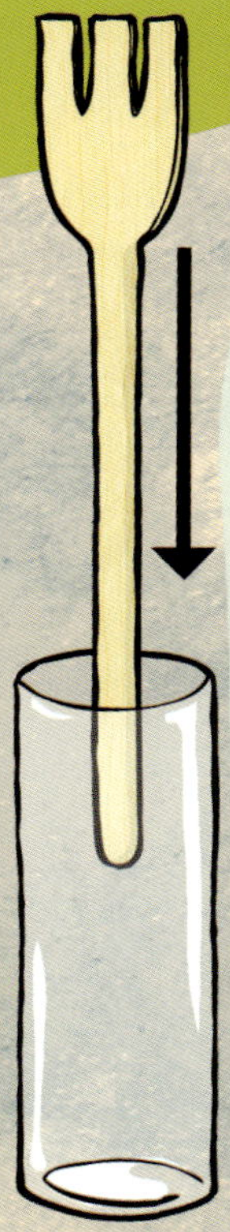

Paso 2

Llenamos el tubo con la arena o el arroz.

Paso 3

SACAMOS EL PALO. No hay ningún problema, ¿verdad?

Paso 4

Volvemos a empezar. Sacamos la arena y repetimos los pasos 1 y 2.

Paso 5

Ahora, antes de sacar el palo, golpeamos el lateral del recipiente con los dedos un buen rato. Veremos cómo la arena (o el arroz) va bajando. Seguimos dando golpes suaves con la mano.

Paso 6

Intentamos ahora sacar el palo. ¿Qué sucede? Al tirar del palo NOS LLEVAMOS EL RECIPIENTE ENTERO... ¡NO SALE!

Curiosidad científica

No intentes hacer este experimento dentro del congelador porque ESTOS MATERIALES NO SE COMPACTAN a una temperatura por debajo de los 2 grados centígrados. Cuando hace mucho frío se paralizan los trabajos de las apisonadoras en las carreteras por este mismo motivo.

¿Por qué sucede esto?

Tanto la arena como el arroz son materiales no compactos. NO EJERCEN PRESIÓN SOBRE LA MADERA.

No obstante, si golpeamos un lado, lo que hacemos es COMPACTAR los granos: eliminamos los espacios vacíos y entonces sí ejercen presión. Por eso no podemos sacar el palo.

11

Sube que sube...

Sorpréndete...

- Vela que se apaga, agua que sube.

Necesitas...

- Un recipiente con agua (puede servir un plato hondo grande).
- Colorante alimentario o leche (si coloreas el agua con uno de estos dos líquidos, verás el efecto mucho mejor, aunque NO es imprescindible).
- Un vaso de cristal en forma de tubo.
- Una vela. (*)

(*) **¡OJO!** En este experimento hay que encender una vela. Tendrá que **AYUDARTE UN ADULTO.**

Manos a la obra

Paso 1

Preparamos el cuenco con agua, a ser posible teñida con unas gotas de colorante (de un color que te guste).

Paso 2

Que un adulto encienda la vela y la coloque dentro del plato con agua.

Paso 3

Ponemos el vaso boca abajo sobre la vela, cubriéndola por completo.

Paso 4

Esperamos. Cuando el oxígeno dentro del vaso se consuma...

Paso 5

...la vela se apagará y de pronto: ¡¡EL AGUA SUBIRÁ DENTRO DEL VASO!!

Curiosidad científica

Para que haya fuego tiene que haber oxígeno; de otro modo no sería posible la combustión. Por eso, cuando las personas se quedan atrapadas en un lugar cerrado, donde no hay mucho aire, siempre se aconseja que respiren de manera tranquila y no enciendan ningún tipo de fuego (mechero, velas...), pues las llamas consumirían el aire con mayor rapidez.

¿Por qué sucede esto?

La vela calienta el aire (el aire es un gas) que hay dentro del vaso y eso hace aumentar la presión que hay en el interior.

El fuego de la vela consume el oxígeno y el aire caliente de dentro del vaso se enfría; por lo tanto, baja de nuevo la presión.

La atmósfera del exterior «empuja» el agua para equilibrar la presión. POR ESO SUBE EL AGUA.

Nave espacial a propulsión

12

Sorpréndete...

- Fabricamos un juguete a propulsión. ¡Verás qué divertido!

Necesitas...

- Un CD que ya no sirva.
- Pegamento.
- Un tapón de botella de plástico de los que llevan válvula de cierre y apertura (esas válvulas que, si las bajas, se cierran y no sale el líquido, y si las subes puedes beber; seguro que sabes cuáles son). (*)
- Un globo.

Manos a la obra

Paso 1

Decoramos el CD a nuestro gusto: con pintura, pegatinas, rotuladores... ¡Utiliza la imaginación!

Paso 2

Pegamos el tapón por la parte de abajo en el centro del disco compacto, justo donde tiene el agujero. Lo pegamos bien para que no se suelte después.

Paso 3

Cerramos la válvula del tapón, es decir, la bajamos para que no salga ni entre el aire.

(*) Los llevan las bebidas energéticas para los deportistas, algunos zumos para niños e, incluso, algunas botellas de agua mineral.

Paso 4

Inflamos el globo y lo sujetamos para que no se escape el aire (*). Luego lo encajamos en el tapón.

(*) Si tienes dificultades, puedes meter el globo sin hinchar y luego soplar por la parte de abajo del CD, por el agujero; así también podrás inflarlo, aunque te costará más. Tendrás que cerrar la válvula inmediatamente para que no se escape el aire antes de tiempo.

Paso 5

Colocamos nuestra NAVE ESPACIAL sobre una superficie plana, cuanto más lisa mejor, por ejemplo el suelo o una mesa grande.

Paso 6

Abrimos la válvula de la botella y... vemos cómo **NUESTRA NAVE COBRA VIDA Y COMIENZA A RODAR** de aquí para allá, como una verdadera nave espacial.

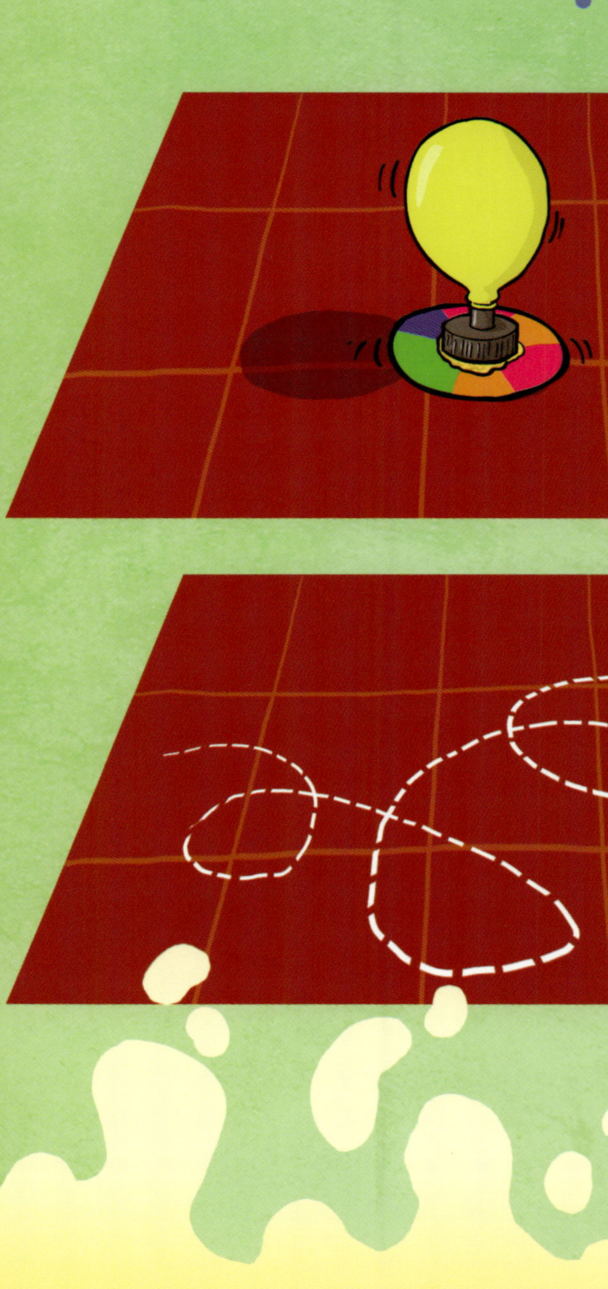

Curiosidad científica

¿Sabías que LAS NAVES ESPACIALES también USAN ESTE MÉTODO PARA SALIR AL ESPACIO?

Eso sí, con muchísima más potencia que la de un globo. Lo que más les cuesta es salir de la atmósfera terrestre. Por eso usan una lanzadera que las propulsa. Una vez fuera, ya no necesitan tanta potencia. Mantienen la velocidad adquirida en el impulso, sin consumir prácticamente energía.

¿Por qué sucede esto?

¿Te acuerdas del experimento de la lanzadera? En este caso sucede algo similar. El aire sale por el tapón y la nave experimenta una fuerza hacia arriba que es igual a la fuerza del aire saliendo del globo.

Es la **Ley de acción y reacción,** la tercera de Newton: si aplicamos una fuerza (en este caso el aire que sale del globo) a un objeto (nuestra nave), este realiza una fuerza igual pero en sentido contrario (se eleva).

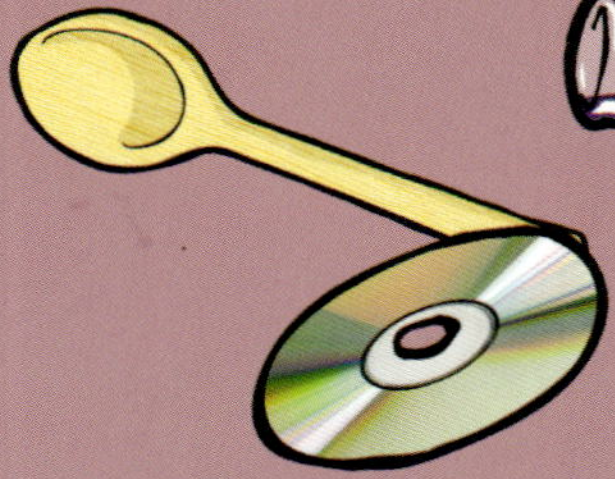

Índice

UN TOQUE DE... ¡QUÍMICA!